好日叢書第二七七篇

紫木蓮咲けば

米田京子遺歌集

現代短歌社

著者

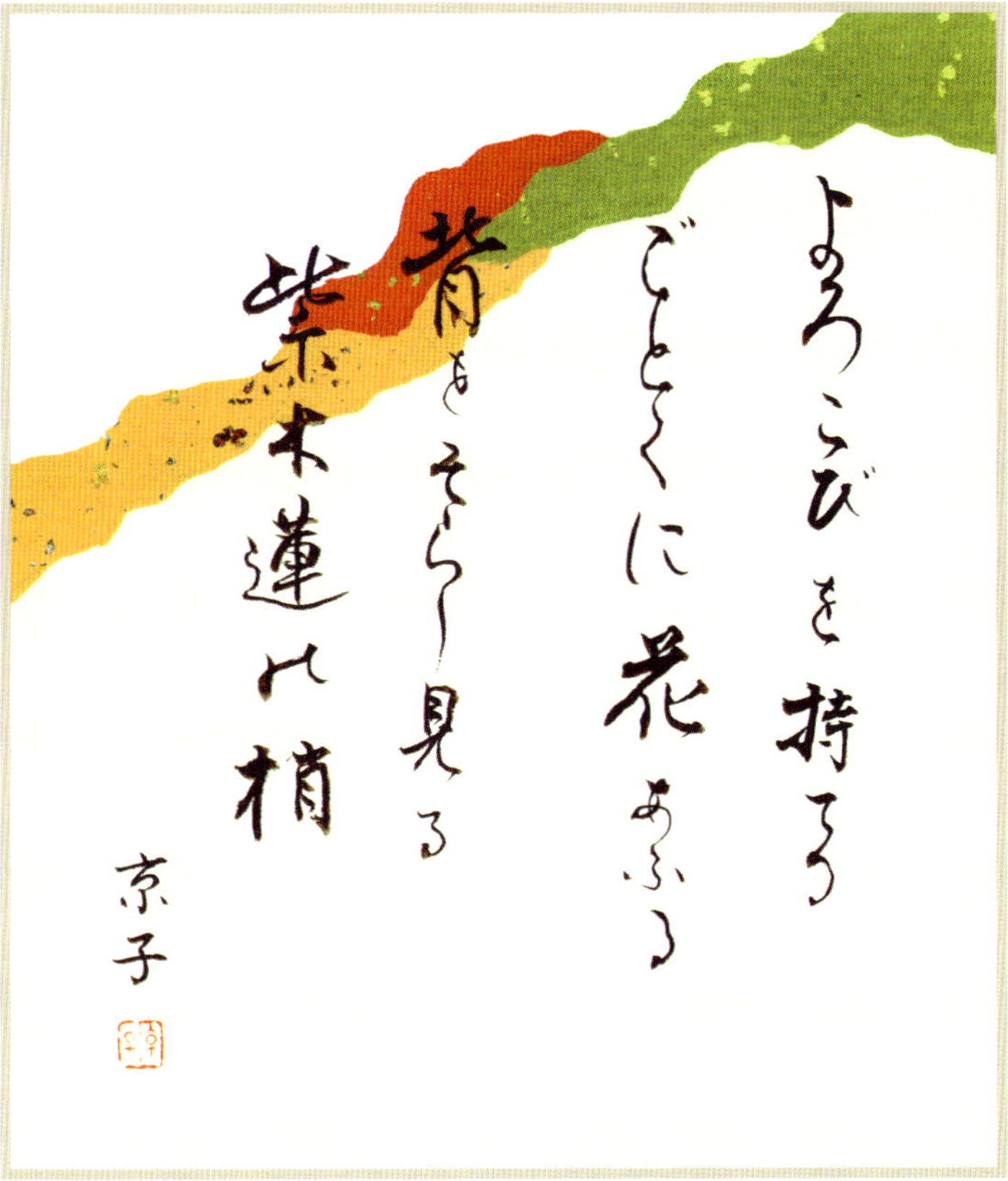
よろこびを持てる
ごとくに花あふる
背をそらし見る
紫木蓮の梢
京子

目次

平成十三年

平成十四年

平成十七年

紫木蓮咲けば

新春

平成八年

赤き壁の居酒屋描く荻須の絵カレンダーに見て今年はじまる

孫が引きくれたる御籤はからずも天満宮の大吉の極上

風寒く宅地化すすむわがめぐり今朝鶯の初音を聞きぬ

ケーキを買って来るよと娘《こ》は言いぬ喜び言えず七十路祝わる

ひと駅を乗り過ごしたり新しき好日三月号読みふけりいて

鳥の巣の幹に残れる紫木蓮上枝仰げば花芽ふくらむ

災害の豊浜トンネル崩落の海ぞいにバスの掘りいださるみつ

孫入学

雪のこる比良と伊吹を見て駈ける田の面明るき蒲生野に来つ

寺の屋根遠くにのぞみ蒲生野に住みし舅姑《ちちはは》の四十余年を想う

陶板画の除幕の綱をわれも引く菜種の黄色一面にこぼる

レタックス開くわが手のふるえつつ孫の合格一番に知る　（女の孫）

大学に行くが子らとの別れかと二人子手離す娘は淋しげに

「雷鳥」にて旅をなさんと思い来しに入学式へと孫と乗りたり

大学の門入りたればふたかかえほどの桜の咲き初むに会う

孫学ぶ学舎めぐればルーブルにて見たる翼の石膏像あり

新学期孫はずむ声を娘より聞く離れ住めるも安堵なしおり

日の暮るる東名道をひた走る孫の運転にまかせて眠る　（長の孫）

海近き孫の住む部屋に泊りいて窓に朝日の昇るを見つむ

ひとり来てランドマークタワーに昇りたり横浜の街一望に見ゆ

けし粒の如き小さき種芽ぶく当然としてわが生き来しよ

夫の誕生日

葉のかげに実りし青梅摘みゆけば籠に艶もち忽ちあふる

亡き夫の誕生日なり生きいませば喜寿とわが古希共に祝うに

生きいますごとく祝わん亡き夫の喜寿とわが古希小豆づくしに

牽牛と織女逢えざる雨の空月下美人は今宵咲き初む

しんこ餅作りておればつぎつぎに逝きたる人の面影うかぶ

仏前にはくせんこうを供えたり笑顔に夫の食べし思いつ

庭草を抜きつつ聞けば油蟬休みては鳴き飛び立つでなし

山形のぶどう

夏まけに弱れるゴロをゆっくりと散歩させるを日課となして

山形のぶどう甘きを送り来る運転免許とると帰らぬ孫は

遺されし夫の短歌《うた》読めば子育ての楽しい時の蘇りくる

十年を子ら育てつつ住みし逆瀬川夫失いてふと訪《と》いてみぬ

夜おそくひとりで孫の訪ね来つ案ずるに僕六年生という

バスケットの補欠選手を乗り越えて孫運動会に宣誓をする

伊吹山しらむたちまち太陽の刻刻と昇るに真向かいており

コスモスの花一抱え持ちくれぬ三壺《こ》に溢れ部屋のやわらぐ

歌集編集終えし喜び湧きいでぬ決意せしより一年を経つ

しぐれ

多紀連山は篠山盆地を囲みいて峡《かい》より霧の勢いて昇る

登窯山の斜面に添いうねり陶土は薪幾日《いくひ》たきたる

城下町にデカンショ通りと名づくあり丹波杜氏灘に出むきし

すぐれたる面打ちがのこす能面の展示さるなか痩女《やせおんな》の面

篠山のしぐれに深む菊のいろ夫の供花《くげ》にと抱き帰りぬ

駒田さん訃報に浮かぶ訪ね来し彼の日の後姿健やかなりしを

銀《ぎん》杏《なん》

逝く秋を惜しむがごとくに街路樹の銀杏拾いし夫浮かびくる

われもまた夫の拾いし銀杏拾う南春日丘の道に来たりて

四方指《しほうさし》展望台に国作りの神話のごとき島島見おろす　（香川県小豆島）

霜月のオリーブ園にオリーブの暗き紅の実落つるを拾う

浸蝕の巨岩に添える紅葉をロープウェイに見つつ寒霞渓上る

弟妹の先に逝きしを嘆きいし義兄《あに》も逝きたり晦日の葬送

ニューギニアの戦い語らず逝きし義兄煙草を吸いしを初めて知りぬ

ロケットを糸川教授と研究なすと義兄を語れる姑思い出す

舅姑も夫兄妹も逝きたれば近江の寺の過ぎ越し浮かぶ

わが歌集成る

平成九年

待ちに待つわが歌集成る夫逝きて助けたまいたる人びとに謝す

チューリップの球根送り来わが歌集読みて花好きを知りたると言う

一生に一度と思う晴れの日に紫木蓮のコサージュ贈らる

紫木蓮のコサージュふたりで付けくれて祝いの会の始まらんとす

優しさに包まれ進む出版記念会健やかなりし夫の影あり

わが歌と亡き夫の歌とを読み比べ評しくるるに涙いできぬ

過ぎ越しを詠み残ししは幸と言う七十路を迎え歌集を編めば

お祝の会の終われればひとりずつ帰りゆきたり孫も妹も

頂きしわが花束のカサブランカつぎつぎ開き法悦の日日

紫木蓮

風のごとく睦月如月過ぎたりとプリムラの花咲きて気づきぬ

鳥とまるごと咲きそむる紫木蓮北さすかたち朝夕みあぐ

紫木蓮の咲く待つ心亡き夫を偲ぶ心か忌日に咲きそむ

紫木蓮の千の蕾を見あげいて夫の優しさに包まるる時

うす紅の桜の花はくろぐろと立つ太幹に映えてはなやぐ

波の秀《ほ》を赤く染めつつ縞つくり夕陽は稲毛の海にしずめり

人工の浜辺に貝の育ちゆき若者はウインドサーフィン楽しむ

（千葉市）

ＡＴＭ指すべらせて十倍の金の出て来ぬ恐怖の湧けり

足いため犬の散歩をせずなりてゴロは諦め顔をわれに向く

中国の旅

中国へ旅せんと乗る飛行機のスチュワーデス楊貴妃のごときおもざし

上海の普陀区《ふだく》に来たり友好の桜植樹すわがふるさとの

中国の各地より寄せられしチューリップ公園埋むも見るは一隅

寒山と拾得《じっとく》の名の親しき寺黄土色なる壁あたたかし

詩を吟ずる妹と来たり寒山寺張継《ちょうけい》の詩の彷彿とする

城壁を築ける煉瓦に人名きざむ粗悪ならば命なきと聞く

麦畑地平線まで続きしか南京めざす高速道路に

城壁の高みに立ちて南京の瀟洒なるビル現代を映す

中山陵の石段登りつめたる御陵に孫文像横たえおかる

小雨降る運河のほとりに見はるかす夫終戦を迎えし無錫《むしゃく》を

文革後豊かになれると誇らしく無錫生れのガイドは語る

友好と中国の地を巡りゆき兵たりし夫の若き日の顕つ

半世紀過ぎて訪ねる無錫の地敗戦迎えし夫今はなし

帰らじと中国に残る意志かたき友と別れて五十余年経し

宅急便

網走は気温十五度と娘は言いぬ北の何処ぞ孫の車は

たらば蟹の宅急便に孫の無事知りたり消印は函館とあり

二千キロ走りしとぽつり孫は言い家苞《いえづと》の線香はラベンダーの香

壁に這わせ咲かせし朝顔画のごとし紫幾輪夫の供華とす

惜しまれて九十九歳にて逝きし叔母小柄な姿に亡き母浮かぶ

八人の子に恵まれて逝きし叔母若わかしき声に親族つどう

風にのり金木犀は香りたつ幾年病みしか大山さんは

孫の成人式

平成十年

迎えくるる孫のピアスの光りおり久びさにあう金沢の街に

昨夜の雷夢《らいむ》のごとくに今朝晴れて夫の守るや卯辰山《うだつやま》に来つ

金沢に近江市場と親しき名タラバもズワイもケガニもならぶ

泡立草いつしか丈の低くなり線路にそいて黄を揺らしおり

書初めはおばあちゃんとすると孫の来てほくほくとして墨するを待つ

気のながくなりしと自分を思いおり孫ほめ通し書初めかかす

忘れずに供えくれたる臘梅《ろうばい》の香り部屋中に漂いており

成人式の孫に振袖の着付けなしわが幸せにあげはを結ぶ

何ごとも書き残さんと思いたつ徐徐に寄せくる老いに気づきて

爽やかな風

（冬期長野五輪大会）

腰低くリンク疾走する清水選手金メダル受くるに思わず涙す

モーグルの雪のこぶこぶ飛び越えて顔晴れやかな里谷《さとや》選手は

決勝に及ばぬ悔しさ四年後にかける選手のあまたのありて

世界中に爽やかな風吹きゆけよ戦争の影しずめしずめて

娘ふたりに七十二歳を祝わるる黄菊白百合香にむせぶごと

肥後椿

紫木蓮の花びらゆらす春一番わが過ぎこしの六年ゆらす

いく人かの戒名読みあぐる本堂に背筋伸ばして夫の名を待つ

あかあかと太陽のごとき肥後椿夫の好みし椿の一樹

健やかな声と聞きしは二日前夢のごとしよ上田さん逝かる

八十七歳自在に歌い慈愛みつる稀なる女性《ひと》なりわが弔辞続む

孫のひとり旅

手をふりて孫はネパールへひとり発つ憧れの地を無事に旅せむ

ひとり旅の孫を案じる日日重くネパールの本をまたも開きぬ

高山病になりて連絡おくれしと謝る孫の声の明るし

カトマンズ満月《ホーリー》の祭に祝われて墨かけられしと孫のつげくる

アンナプルナ・トレッキングなして帰国せり語れる孫の如何にも楽し

娘の手術

散りしける枯れ葉掃きよせ見あげれば泰山木の秀枝《ほつえ》花咲く

庭にいし蚊が纏いつきわれを刺す家には誰もいぬを察して

幼子はどこの子もどの子も母親に本読んでもらう待合室に

手術すと娘はわれに告ぐうろたうも早期発見とわが納得す

娘の手術無事に終りしと告げられて光一筋胸うち明るむ

娘の傍にて院長回診と言うを聞く夫入院の日もかく待ちし

日帰りにて娘を見舞いきし孫終バスに乗れしかと問う携帯電話に

待ちに待ちし水路工事の始まりて町内注視の中にはかどる

ショベルカーは狭き道路に回転し土掘りおこす側溝つくる

さくがん機の音にいつしか慣れし犬吠えずなりたりわが思い知る

夫植えし青樫の幹あらわなり側溝作ると下枝はらわれ

北の海

機のゆれつつ無事下り立てば稚内ハマカンザシは色の明るし

北端の宗谷岬は風すさび光乏しき海のひろがる

サロベツ原野は四千年経しと地に低くワタスゲの花白銀ゆれる

泥炭におおわるる湿原夏なれば可憐なる花つぎつぎ咲かす

海の辺に浮かぶごとしよ利尻富士残雪いくすじ裾野のながし

潮風の中に食ぶる海胆丼夫の知らない利尻に来たり

ひたすらに登る五合目に裏利尻とがりて険し頂上の見ゆ

月下美人

ヨーロッパ巡れる孫の旅ながき地図を広げてわれらも旅す

赤黄緑パプリカの種孫の土産スイスで求めしと三ヶ国語示す

花の種を土産と孫のくれたるを小銭整理と娘はにべもなし

台風の予報に入れし月下美人蕾のややにややに上むく

暗き部屋に白く灯れる月下美人十輪のむきそれぞれに咲く

叔父香川進を送る

両陛下より賜りし白菊供えられ叔父の祭壇に花開きゆく

白寿も生きうる叔父と思いしに八十八歳にて身まかりぬ

その一生《ひとよ》駿馬のごとしと思いみる叔父の死顔の鼻梁の高し

涅槃図の如き別れをと集まれり手に花持ち顔わすれじと

四百年の由緒ある寺西福寺太き公孫樹は実を落しいつ

病院へ叔父連れゆかんと背負いたるそのぬくもりを弟忘れず

ゴロの死

一万人の第九の指揮に背を伸ばし踊るがに手を振る山本直純

一本のタクトを見つめ一万人の歌あふれいる歓喜の歌声

ひと枝にひと葉となりて日当りに移されし柚子冬を迎える

おとなしく診察を受け注射されされるままなるゴロの弱りぬ

弱りても散歩をせがむゴロ連れて出づるも娘は抱き帰りぬ

玄関に看とりしゴロの匂いあり思い出さるる十二年の日日

逝きし夫とゴロは駆けるか喜べる姿うかびぬ小雪舞う日は

悼　伊藤雪雄先生

平成十一年

風寒く眠れぬ夜半にベル鳴りて伊藤先生の訃報聞かさる

叔父の死を哀しむわれを慰めて運命と言われし先生逝かる

選歌なす時は病めるを忘れるとつね語られし師の姿浮かぶ

ことのほか哀しみふかき訃報なり先生は逝かれぬ静かに涙す

咲きみちて心ゆるがす桜花亡き夫は見んわれも仰げり

紫木蓮の咲かざる春を淋しめり越後椿のつぎつぎひらく

夫七回忌

春陽さす庭に障子を洗いつつ心はずめり夫七回忌に

捨てられず残せる手紙いく束を片付けんとし暫し読みつぐ

阿弥陀経の流るる七回忌舅《ちち》の声夫の声にて読経聞きたし

舅《ちち》と姑《はは》夫を偲ぶと小雨降る墓に親族詣りくれたり

就職に求めし背広着る孫は威儀正し座す夫の法要

久びさに姉妹みたり揃いたり障子張りつつ方言にかえる

孫二人　―出　発―

案じいし孫の電話は鮮明にマールゲートに着くノープロブレムと（イギリス）

発芽せる苗ひ弱にて育つかと孫送り来しスイスの種に

芽ばえたる花苗にそそぐわが思い留学の孫の日日を描きて

歓声をあげつつ巡る薔薇園に薔薇は静かに自が位置を占む

ユリの木の黄みどりの花仰ぎ見つ教えし夫の見たかりし花

総長の祝辞聞きいて孫探すビデオに写る学生の顔

卒業式終えて出でくる学生は二十一世紀をになう生くるか

久びさに帰郷せし孫大人びて新入社員の姿かとみつむ

常ならぬ華やぎありて帰り来し孫の出勤の姿珍し

初月給の記念とそっとだす孫に伴う歳月娘は思うらし

玄関に婿と孫との靴ならび五月の朝は光に満ちぬ

桜川駅（東近江市）

紫木蓮返り咲きたり新しき上枝にあちこち薄紅に見ゆ

伐り込まれ幹だけになり紫木蓮新芽と共に花芽いだきし

紫木蓮花の咲かぬと歎きしに六月夫の誕生日に咲く

乗り換えて乗り継ぎて着く桜川駅無人駅となるも懐かしみ立つ

大楓倒壊すると聞きていし石段のぼれば歌碑の明るし

夕暮の歌碑の辺に見ゆるギボウシは花のごとくに種結びおり

「いくばくの命ぞ」と詠みし舅の歌碑諾《うべな》いてよむ青石は濃し

夫没後極楽寺参りし七年前住職優しく迎えくれにき

三十六世住職は死す葬りに歳月を経し甍陽に映ゆ

朝顔

朝あさに咲く朝顔を愛しみて酷暑の夏をわれ越さんとす

朝顔の種無造作に蒔きたれば夫の辺に活けしスカイブルーが

ラベンダーの線香の香に安らぎぬ逝きたる夫はわが老い知らず

喜びて夫の食べし鮒ずしを求め来夏を凌《しの》がんとして

留学の子に会わんとて発ちゆきし娘夫婦の旅ははじまる

妻のあと追いて逝きたる江藤淳ふたりの絆われが寂寥

得度さる子息と共に住職は盆の棚経の声たかだかと

軽がるとなりし頭《つむり》に手をあてて寺継ぐ若きは笑みをこぼせり

スイスの種育てしパプリカ薄緑お盆に帰らぬ孫に見せたき

黄色にも赤にもならず色淡しパプリカ実り夕餉に盛りぬ

下宿を探し引越しすませビザを受く孫ひとりなしリーズに学ぶ

根本山荘の歌碑

訪ぬれば根本山荘のご主人の亡くなりしを言う歌碑喜ばれしを

歌碑の横に立ちて写ししは遥けくも縁《えにし》の地となり夫の字みつむ

久びさに訪ぬる夫の歌碑変らざり木木に囲まれもみじ色づく

雪

平成十二年

帰国せる孫と来たれる神戸の街花のアーチに人のあふるる

束の間の孫の帰国に魚すきの野菜たっぷり正月の卓

碧色の孫の土産の上靴の足にぴったり合いて温しも

氷雨降り北風冷たきと帰り来て夜ふけて娘は雪降るを言う

雪降りて凍りて麻痺する都市機能われは無縁とこもる一日

アイスバーン滑りやすきと恐れいて意識の中に身構えている

雲間より差しくる陽ざし愉《たの》しみて雪後の一日心はずめり

如月の雪をめでつつ夫逝きし年と等しき齢を数う

桃の花菜の花活けて雛飾る孫の電話の声冴えざりき

銅鑼の音も乗船名簿も懐かしき久しぶりなるフェリーの旅は

ゆっくりと船尾まわして出航す早くも明石大橋真下を過ぐる

鮮明な景色

白内障手術日決まる簡単といく度もいうに覚悟を定む

十日ほど歌のこと離れて白内障手術したいと夫の言いしを

天井の虫喰い柄の石膏ボードあかず眺めて一日終る

高校の合格発表の電話待つ孫の弾める声を聞きおり

紫木蓮寒の戻りに花遅き苞《ほう》を落してやおら花芽出づ

にわか雨に濡れたる婿は背広干す夫の背広ぞ懐かしみ見つ

優勝を決めし瞬間貴闘力に涙湧く見つわれにも滲む

二十年経て紫木蓮の花あふる今年の花はミレニアムの花

咲きそむる桜に銀の雨がふる詰襟の孫の式に臨むや

手術後に鮮明な景色見え来たりかく美しき春の訪れ

大師の恵み

瀬戸大橋わたる車中に乗客はねむりて殊更海見るもなし

父四十三年母十三回忌の法要に集いしはらから六十を越ゆ

葉桜の繁る斜面にゆったりと叔父の歌碑あり手触れて温し

稲を刈る讃岐平野を見はるかす大師の恵みか田の面ふくらむ

ふるさとを後にするとき去りがたし小走りにいそぐ駅までの道

友の転居

広告に載り売り出さるる友の土地夫の一周忌を待たぬ決断

笹原に家のまばらに建ちしより共に住み来て四十年経つ

急な坂いとわず登り友の家を幾度訪ねし見晴らしよきに

四十年住みし地あとに越す友の庭の水仙一株を受く

夏蜜柑たわわに枝に残りおり友去りし庭に冬日あまねく

ひとり居の無聊《ぶりょう》に来たる公園の花の丘なるポピーまさかり

広き池に亀は友なく生きいるか岩のごとなる甲羅をさらす

安土山

樺細工の硯箱出し歌を書くいつまで生くるかと思いし時は

櫓の音と水切る音のみ響きいて静寂の中手こぎ舟ゆく

葦繁る水郷巡り葦切《よしき》りの思いのほかのかまびすしき声

揺れる舟にこわがる夫を笑いたる歌人のあまた思い出だしぬ

水郷を巡りて湖にいでくれば広き琵琶湖に安土山低き

大会に握手する人いくたりも小川春枝さんの力強き手

久びさに帰り来し孫の軽装でサンダルをはき本一冊のみもつ

悼　小野さん

逝かれしも眠るがごとき面やさし白薔薇一輪胸もとにおく

開墾し九十五歳の年重ね賢翁良詠居士と永遠の名受くる

小野さんが宝物とて見せくれし磨りへりし鍬今に忘れず

月

わが心閉ざすものありて花待ちし月下美人は夕べ咲きおり

パリにて父母と別れてイギリスへ孫ははずみて新学期待つ

この夏の酷暑をつくづく歎けるに漆乾かすに最適と孫いう

炎天下測量をなし帰れる娘厳しさ言わずシャワー浴びおり

綿菓子をちぎるごとくにつづく雲縁日なれど母と行かざる

しぐるるに知恩院へと歩む道夫と来し日を娘に話しつつ

若き僧に回向を頼み真向えばかがまるわれのいかに小さし

本堂に娘と座して聞く浄土経姑《はは》の命日に朗朗と響く

豆を供え栗を供えてめずる月雲なき空からわれを照らせり

金メダル　（シドニー五輪大会）

皆が待つ田村亮子の金メダル瞬時にきめぬ一本勝ちにて

聖火かかげしキャシー・フリーマン金メダル取りて二つの国旗を握る

戦火とは別世界にてユートピアオリンピックを見つむる世界

入院

酷暑すぎ秋訪れて風邪癒えず疑わしきと検査されいる

入院に戸惑うわれを迎えくるる部屋の友優し医師も看護婦も

窓に見る北摂の山ゆるぎなし雨降る日には白雲覆う

日日続く検査に耐えて薬袋に七十四歳八ヶ月をしるす

お守りと病院に持つ夫の写真花博に写せり微笑みている

ゆっくりと歩みて神社に鈴を振る幾人の人に助けられしか

帰国せる孫わが病いたわりて消化よきものと昼餉作りく

ここまでに癒えしを祝うクリスマス孫と食卓にチキン食ぶる

臘《ろう》梅《ばい》

平成十三年

久しぶりに家族揃いて節祝うふたりの孫の大人びており

好物の餅かずの子を食べざりしされどわれには正に正月

帽子かぶり散歩するを日課とし病後の日日を明るく生きる

咲き初むる臘梅手折り供華となす十五年経てば咲くと言いし夫

花びらの黄が透き通る臘梅の香り漂う遺影の前に

小雪舞う葬の日浮かび温顔の師の三回忌はや訪れぬ

風強き寒夜はたちまち咳き込みてかく老いゆくか　薄氷のはる

楽しげに旅に誘うをことわれば病名聞きてとく見舞いくる

一花木と選びミモザの花咲けり新築の家黄のたっぷりと

天をつく大樹となれる紫木蓮咲きさかり落つ花殻を掃く

ドイツの木蓮

逝きし人遺せる歌集読みはじむ五十周年までの歳月

留学も終りに近き孫の旅ドイツの木蓮の絵葉書届く

老いゆくを当然としてうべなえば新緑の葉は日日濃くなりぬ

蒲生野

訪ねたる亡き夫の寺の明るきに本堂に座し蒲生野臨む

み仏に好日五十周年を祈りたり山頭火来し極楽寺の庭

歌碑のうた決まりし時より産土の宮とは何処と亡き夫に問う

無住という若宮神社広びろし巫女の神楽の舞殿ありたり

数かずの資料展示して野口画伯の百年称うる町の人びと

夕暮の歌碑は陽を浴び鎮もれり楓菩提樹植えて守らる

舅《ちち》も夫も好み詠みいし竹の歌梅雨の晴れ間の若竹そよぐ

八万余の石仏にまみえん石段の手摺握りてゆっくり昇る

緑陰に身をおきわれは息を吸い阿育王《あしょかおう》の石塔仰ぐ

師の言葉たよりに生きし日日浮かぶ風船かつら二つならびぬ

飛行機雲

刻まれし景色再びよみがえりはや海の見ゆ弁天島なり

蚊がとまる腕痩せ細り老い母に似たる姿と庭に水まく

娘の平静の失われいる傍《かたえ》にて婿の入院決まり息つく

手術終えるを待ちし十時間蒼白の顔して眠る婿生命をもらう

危ぶめる容態越ゆる婿なりし娘の見舞い日日待ちいるならん

飛行機雲虹のごとくにかかりいて夢もかなうかと仰ぐ秋空

百十階のビルに吸われるごとく消ゆ飛機の姿は忽ち世界へ

青空の続く彼方に飢餓難民苦しむ人のいると見あぐる

報復とてはじまる戦争の先鋭なる兵器は茶の間に日毎映れり

近江富士

律義なる長門さん逝く訪《と》いくれば愛猫の数ふえるを語りし

ぶどう狩り誘いくるるに夫と来て籠もち摘みし雪野山近き

亡き夫の郷里訪ぬるに大学前京セラ前の駅のふえおり

なだらかな布引山系に近江富士　青田に吹く風百年かわらず

蒲生野に孤峰とそびえし謙蔵と雄郎の交友語りつがるる

炎暑のなか謙蔵の絵を見終えたりあざやかな色調われ豊かにす

カナカナの啼く夏木立白雨して歩み続けるわれにつききぬ

夫の歌碑建つ

山桃の木に小鳥来てかまびすしわれのみ気付き娘に語りおり

起伏ありし一年とにかく越え来たり唐楓の葉の照り映ゆる赤

いつの間にか欅並木はかがやけり術後一年目の検査受くる日

欠けたる胃かかえて一年生きのびぬ風邪引きまたも体重の減る

除幕式晴れるを祈りぬ風邪いえず時雨の道を点滴に通う

気遣いし天気も体も整いて喜びの日の間近にせまる

白き布に包まれ居たる宝物童の手にて披露されなん

機敏なる学童の手で綱引かれ見えくる夫の文字太ぶとし

幕おりて夫の笑顔の浮かぶごと文字浮き出ずる夫の歌なり

夫の歌朗詠されるを歌碑前に集うものみな暫し聞きほる

謙蔵と雄郎の横にならびいて百年記念の登歌碑建つ

好日社友思いあつめて歌碑建ちぬ逝きて九年夫の幸せ

形よき歌碑の姿はどっしりと母校の門に位置をしめおり

記念館見おえて望む森かげに黄に輝《て》る公孫樹は極楽寺なり

夫偲び歌碑建立に尽しくるる歌人やさし涙ながるる

花を待つ

平成十四年

晦日に来て元旦に帰る孫と共に春日丘神社に御神酒いただく

風寒き墓前に告げる歌碑建つを夫に舅姑《ちちはは》に今年のはじめに

久びさに眺むる伊吹は凍雪に光するどく凜として聳ゆ

世の中の喧騒離れ金盞花双葉に育つを間引きしており

夫の歌碑建つを喜び若き日の姿浮かぶと葉書賜る

平和なる世界めざしてソルトレーク氷の祭典開幕さるる

金メダル三個とりたる元気な娘スキーを愛すと爽やかに笑む

弥生なかばに苞《ほう》を落せる紫木蓮蕾ふくらみいっせいに咲く

紫木蓮咲けば辿れり遠き日の記憶たしかむ咲きいる間を

痩せいるも変わりのなきを伝えれど主治医は次の検査日決める

春休み手術をすると正月に娘に孫頼まるるをはやも来たりぬ

花を待つ入院の娘《こ》に肥後椿持ちゆけば咲く日輪のごとく

わが術後と同じやつれが娘の顔に現れおれば大手術と知る

娘を見舞うだけに疲れる老いの身も癒えゆく見れば桜眩しき

孫の高校の入学式を楽しみに術後いとわず娘は出席す

今年の桜

六年のながきに励み今日迎うる孫の卒業式に招かれて来つ

イギリスに留学させし二年《ふたとせ》を支えし娘の思い実れり

紺色のぼかしの袴凛凛しかる孫の笑顔の自信に満ちて

黒塗りに金粉散らしの硯箱幾日かかり作りくるるや

北摂の山脈は澄む仙台に就職を決め孫は明日立つ

桜木を四十余年愛でて住む太き幹より若枝伸びいつ

好日大会

三上山《みかみやま》姿の良きが見えはじむ連れだちし日の思い顕ちくる

木洩れ日の下に建ちいる舅の歌碑修復の文字ひときわ親し

湖《うみ》の音風の音聞く歳月か雄郎の歌碑苔さぶ美しき

熟れ麦は茶褐色に広がれり収穫近き野面かんばし

庭園に集いて写す歌びとの百六十余名の晴れやかな顔

樹木図鑑

退院の日を娘は知らせ来緊張の一瞬にとけ喜び広がる

箱に入りカバーをかけし樹木図鑑夫逝きてより初めて開く

草花のみ好むとわれを笑いしよ樹木図鑑に夫愛でし花

泰山木の秀枝《ほつえ》に一輪咲くが見ゆ術後の婿の剪定せしに

臘梅に実のなり梅の実のごとし色づきそむる明日を待ちおり

朝顔市写るを見ればこの夏の花ほしと思い苗求めたり

残りいし里芋三個芽ぶきたり土におろして楽しみふやす

囀りを聞きつつ幾日掃きよする隣家の山桃実の落ちくるを

開きたるカサブランカの花の香に部屋をみたして昨日を忘るる

こころよく迎えし坊様の月参り住職のかわりと若きが来たる

朗朗とすがしき声で唱えらるお経にわれも唱和なしたり

白内障手術

くもりたる水晶体をわれに見せ決断うながす若き眼科女医

見詰めいし花のようなる閃光を唯追いかけて手術終れり

老いづけるわれに喜びを賜いしや遠き景色の鮮明に見ゆ

手術後は穴あき眼鏡かけて寝《い》ね穴あき模様の夢をみるらし

五日ほど入院したれば気ぜわしく蓮花もとむお盆の仏花

太き幹残すのみなる桜古木もみじするなく秋を迎うる

柿の実の色づくも医院に通いいんわれに術後二年目の秋

黙黙と食べよと主治医に励まされカロリー計算そっとしてみる

阿武山の空晴れいたり遠く住む孫の上にもこの空続く

くこに木槿鶏頭に菊水引草なごりの花活け往く夏惜しむ

泰山木

白桃のごとき蕾はみな天に向きて咲きおり夫の好みし

去年の葉を庭に落としてつぎつぎと泰山木の花咲き継げり

梅の実を籠一杯に収穫し花も実もよし白加賀なると

過ぎ来しは七十七年されどされどつつがなくつとめたし夫の十三回忌

竹藪に竹の子三本すくと立ち「李下に冠正さず」浮かぶ

旅

バリ島の竹の風鈴風に鳴るぽろろんと鳴る南国の音

正と邪のバロン・ランダの絵買いきて争い続くと娘は説明す

目の前にひらける琵琶湖の広びろし歌碑除幕式にまみゆる嬉し

湖愛し大きなる石に黒ぐろと湖魚を詠む歌力強きに

娘が誘いくるる旅行に暖かき海を眺むる伊良湖岬に

車窓より眺むる冬田の穭《ひつじ》穂の続きて明るし渥美半島

銀色の遠州灘に日は昇る赤々丸く燃えて昇れり

悼　西田二三さん

歌集『早苗』を夫五十回忌に上梓して自が米寿に逝きし二三さん

雄郎の教え子として二三さんは四十年を歌作られし

春待つ心

平成十五年

歳末の街の雑踏を好みたる夫思いつつ注連縄もとむ

初詣におみくじ引けば末吉と弁天さんにて大吉を引く

牡蠣鍋を囲みつつ聞く東欧の旅孫の土産のシャンパンあけて

十三夜の月中天にありどんどの火燃え盛りいて鬼を払えり

つやつやと青き実になり竜の鬚土留めと植えしが株のふえおり

秀《ほ》の赤き米粒ほどの花芽つけ北風の中春待つ花梨

ブロック塀を歩く子猫と目の合いぬ振りむけば去りぬ可愛らしきに

待ちわびる紅梅の花咲きいでぬ色なき庭に春萌《きざ》しそむ

漸くに風邪を引かずに冬を越しつつがなく今日喜寿を迎えぬ

娘の作る料理食して太り来る術後二年を喜寿まで生きしよ

はるばると鴨五、六羽渡り来し春日池にてもぐり餌とる

黄と緑の九谷焼なる急須にてお茶を飲みいる夫の命日

探しもの探さず待てば仏壇に供えていたりたわいもなきに

三保の松原

富士山をひと目みたきと旅決める小雨の予報静かに聞くも

覆われし雨雲も徐徐に切れゆきぬ天の梯子の日差し見えそむ

轟音の瀑布のごとき白波に三保の浜辺の松も臥せいる

雪積もる山中湖畔に泊りいてほうとう食す富士見えぬひと日

夜のあけて銀《しろがね》の富士目の前にひらけおりたり喚声あげぬ

泉湧く忍野《おしの》八海水澄みて伏流水の富士より来たる

晴れたるは半日限りあっけなし早くも白雲頂上かくせり

悼　山村金三郎氏逝く

新年会に会わん機会を逸したる山村さんの訃報を受けぬ

彼岸にて山村さんは叔父と夫と語らいいんか姿浮かびぬ

シオカラトンボ

思いがけず帰り来し孫はわが部屋の模様替えなし戻りゆきたり

食べること常に念じてひたに食べ食細き身も生気もどり来

検査結果三時間待ち順調と聞きて喜びそそくさ帰る

見あげればシオカラトンボ空を切る目で追いつつも視界から去る

五日ほど時間あきしと旅をするニューヨークより孫の絵葉書

ニューヨーク巡れる孫の絵葉書にＷＴＣビルはもはや映らず

歩む

追い越され追い越さるるも歩みおり歯の治療の爲ひたすら歩む

敗戦の放送聞きしが蘇る真夏の正午奉天の駅

ふたとせを父と住みいし新京の街懐かしむ半世紀へて

彼岸には違わず芽を出す曼珠沙華清冽な白はなやかな赤

アンテナに止まり見おろし鵙《もず》の鳴く山桃の木のなきを告ぐるや

秋のみ寺

詣でたる心晴れやかに五重宝塔の相輪見あぐ空に巻雲

朱と青に塗り分けられし伽藍歩む太子の願う世界いずこに

片足の踏み出すばかり救世観世音われらを救うみ姿におわす

金色に輝く阿弥陀如来さまやや俯き半眼ひらく

いちはやく紅葉なせる花みずき陽のかがやけば赤き実の輝《て》る

秋深み部屋に蟷螂《とうろう》訪ね来ぬ卵を産めよと庭に放てり

一輪の月下美人は寒きに耐え花立ちあがり真白に咲きぬ

土を掘り地ごしらえなしチューリップ球根植えて春を待たんか

去年咲きしシクラメンの株芽ぶきたり球根一つに十の芽数う

散歩道日暮はやきか振りむけば観覧車に青きネオンの灯る

年越し

平成十六年

帰り来と娘は孫を待つ好物の天津栗を早やも買い置く

丹精の人参香り元旦に雑煮に入れて今年を祝う

離れ住む孫の姿はてきぱきと片付け早きに過ぎ越しを知る

正月に孫揃いたりイギリスに再び行かんと言いて帰りぬ

太陽が向かい家の屋根の間よりわが部屋に差す暫しの時間

イギリスに住む孫の安全気遣いて石切神社に祈願なしたり

七十八歳よく生きたりと娘は祝うくるくる廻る回転ずしに

木目込みの雛

大樹なる枝垂れ梅の枝地につきて黄色の蕾星のごと光る

歯の治療おろそかならずと通いゆく生駒山越ゆ小旅行して

小さきが良きとう作りし木目込みの雛飾りたり孫はロンドン

遠く住む孫のメールに励まされ微笑みもどる力をもらう

渡英して早や一ヶ月住まい決め孫の暮しにわれ落付けり

春日差し光あまねく照りつけて雪柳南天土佐みずきの花

ことさらに好む紫木蓮咲き出だし夫の命日に仏前飾る

術後三年迎えたる春ようやくに癒えそめしかと紫木蓮見あぐ

造幣局の今年の桜は御衣黄《ぎょいこう》と黄緑の花しべ赤くして

楊貴妃と名づくる桜は大樹なり木下に仰ぐ薄紅の花

湖の歌碑　中野照子氏

ふるさとの白鬚神社浮かびたり同じ名の社に歌碑建つ喜び
除幕の綱さっと引かるれば鮮明に青石に映える湖のうた

桐の花

桐の花色美しきに魅せられて花咲くを見る喜びとして

術後三年半守りくれたるわが主治医安定せると転勤告ぐる

歌作れといわれて紙と鉛筆をもちしと女医は夫を語りぬ

一望に琵琶湖眺むる部屋に居て湖に語りぬわが長き生

父五十回忌母十七回忌と姉弟つどい供養をなしぬ道隆寺にて
（香川県多度津町）

雨あがる束の間公園に登り来て叔父の歌碑見ん木洩れ日のなか

炎天下一声なきて蟬飛びぬ曽我さんの笑みわれらを救う

食欲の失せる酷暑は庭隅の茗荷を摘みて酢の物となす

ロンドンでＮＨＫのど自慢大会放映さる孫住む街と懐かしく見つ

就職の決まりしと孫の伝えくるこれから幾年滞英なすや

オリンピック

アテネにて再び始まるオリンピック開会式に選手ら手を振る

体操の団体競技に魅せられぬ鉄棒の演技の着地ゆるがず

平泳ぎに金メダル受くる北島選手負けじ魂はハンセンを抜く

斬新な水着の映えてシンクロの妙技の極みリズムに乗れり

オリーブの冠を受け野口選手満面の笑み金メダルかかぐ

白日の夢を世界にふりまけるオリンピックにテロ忘れおり

味噌汁の香

老いふたり健やかなうちと婿と娘はアイルランドに旅を決めおり

独り居も要領よくなりパン食のあとに作りし味噌汁の香よ

自家製の食パン二斤焼きおきて旅に発ちたりむすめの優しさ

庭に咲く日日草のひと夏を鶏冠厚き鶏頭と並ぶ

一鉢となれる月下美人に蕾つき心はずめり残暑に耐える

夕闇にぽっと咲きいる月下美人今宵限り香に充たしぬ

曼珠沙華晩夏の庭に芽出でて彼岸に先んじ忽ち赤し

幼の生還

花に埋もる逝きし媼を惜しみおり九十九歳深く交わりし人

台風の一過晴れたる葬送を逝きし媼の人徳なると

綻びし巣を繕える蜘蛛ありて拵りしかとわれも通えり

ヘリより映す中越地震に崩壊の高速道路は板切れのごとき

強震の土砂崩れから奇跡的に助かる幼の生還よろこぶ

庭の花・木

新しき球根買いたしチューリップ植えおりいつか習性となり

さくさくとリンゴを噛むは幾月ぶり治療を終えて感触たしかむ

歯の治療終えて解放されしわれ傘間違えて持ちかえりたり

庭木には不向きとの公孫樹孫は植え丈高くなりて黄葉輝く

朝あさにわれの作りし人参ジュース突然帰る孫も飲みたり

ヒマラヤシーダ剪定されて並木道に二十八年の年輪あらわ

裸木となりて花芽の木蓮にヤマガラの来て枝に止まれり

カイツブリ

平成十七年

新春の祝の膳に孫の座す夫の仕種をふとよぎらせて（長の孫）

イギリスより帰りし孫は時おしみ一日一日計画しており（女の孫）

帰国せる孫愛しみて娘は刺身テンプラ納豆卓にならべる

寒あやめの薄紫のつぎつぎと今年も咲くをわれは見まもる

堆《うずたか》く山古志村の積む雪に映えて少女の顔の明るき

「夢の池」に吹く風冷たく水面には細波のたちカイツブリ一羽

椿の森にピンクの侘助真っ盛り太郎冠者とう命名さるは

評論集なる

風花のちらちらと舞う如月の誕生月なり紅梅の咲く

いくばくの生命あらんかせかれつつ夫の評論集纏めおかんと

漸くに術後五年の日を迎う是のみにとらわれ生き来し日日ぞ

ひとごとと思いしにわれも傘寿なり母の歩みし道のり思う

恙無く傘寿迎うるこの不思議良きことばかり浮かべておりぬ

思い立ちし評論集の完成すと夫の喜び笑む顔見たし

冬空のやさしき青さに雲二つ夫の評論集の上梓なりたり

ひととせを費やしし夫の評論集完成したり十三回忌に

夫の書き残したる文章が一冊の本となりたり評論集に

お彼岸に墓詣で来て評論集供えておがむ鉦の音聞きつつ

ふと見れば庭の肥後椿咲き出せりこちらをむきて七、八輪の

喜びを持てるごとくに花溢る背を反らし見る紫木蓮の梢

夫の評論集の出版喜び便り来しが別れとなりたり関本さんは

遠くよりこの日のためと集いくる舅四十三回忌夫十三回忌を

若き僧侶ひびける声にて経をあぐ舅と夫とに語りかけると

極楽寺

春がすみの中ひた走る車窓より三上山見え近江は近き

山低く近江平野の広広し田おこし始まり季は移れり

極楽寺の石段《きだ》登る時舅姑《ちちはは》のいますがにいそぐ時隔つるも

登りたれば庭の明るしかわらざる夕暮雄郎の歌碑どっしりと

舅雄郎四十三回忌夫登十三回忌「登評論集」供う読経流れて

額田王の歌を万葉仮名で書きし歌碑犬養孝の文字になりたり

由緒ある市神神社に詣で来て師の歌碑に読む湖のうた鮒のうた

友逝く

九州の娘の所へ行くと友訪ね来たるにはや訃報あり

お母さんの優しかりしを娘さんに語りて礼を幾度も述べる

大事なる友を失い手につかず共に過ごしし日々を思えり

友逝きてむなしき日日を送りおり鶯の鳴く音いまだ幼し

病み臥せる友を見舞えば三人で弁当食べようと言いしが別れに

百歳を越ゆる老母を見守れる友われを案じ電話かけくる

三ヶ月ごとの結果を気にしつつ友失いて更に気遣う

天龍石の歌碑

孫からの絵葉書幾度も読み返す発つ前に食べし西瓜嬉しきと

美《は》しき花の盛りと孫を眺めたり今度逢うのは何時になるらん

夫の歌碑天龍石の黒々と今日の小雨に光りて建てり

根本山荘に建つ夫の歌碑歌びとの数多集まり賑わいており
「安らぎは」と朗詠されて夫の歌文字を辿りてじっと聞きほる
歌碑建ちて十七年の過ぎたると夫と訪ねしかの日浮かび来
エゾギクとグラジオラスのゴッホの絵絵具の今も光りて新し

夏越えて

気がつけば月下美人に蕾つきいよいよ今宵は三輪咲けり

純白の花びら重ね香り良し夜更けにひらく月下美人は

診察日友と同じ日になりたれば待合室に本読みて待つ

ダブルデッカーの爆破の惨状映さるる市民を狙うテロの卑劣さ

朝夕にテロ関連の記事を読む孫住む故に如何なる国かと

サイパンで玉砕するは国のためと誉め称えしが忘れざれにき

父と行きし満州に二年無蓋車で帰りし幸運かみしめており

体育館団扇波うつ敬老の日園児の歌にみな微笑みて

姑《はは》と母八十三歳にて逝きたりしかの時なれば長寿なりしと

数々の絵画眺めて癒されぬ万里の長城山脈はるか

夏越えて痩するも八十路は当然と主治医の言葉に軽くうなずく

野々宮神社へ歌碑移さる

野々宮の神社の木木の深ぶかと千二百年を経たるという宮

八日市中学校に通いたる縁ありて夫の歌碑は納まる

境内にお社あまた祭られて金比羅宮はわれの故郷

娘の病む

この度はロシアと決めし夫婦の旅テロなきことを祈るのみなり

シベリヤか娘らは何処を飛びいるやパーマかけたる髪に風ふく

健やかに過ごしし娘の急に病み臥せいる姿に戸惑うばかり

思いがけず帰り来る孫　救急で娘運ばれ五十六歳霜月

進歩する医学と医師の熱意にて一喜一憂　娘は癒えたり

並木道の欅の姿娘の病い落ち着けばまた色づくを見つ

木蓮の団扇のごとき広き葉散る壮快なりや庭に降り敷く

病後の母に逢わんと帰り来て孫は暮れなる掃除に励む

遠くから帰りし孫の溌剌と共に過ごせば明るき日日に

平成十八年

秦野行

冬の日の部屋に差し込み誘われて庭におりたち草ぐさ眺む

厳寒の中に咲きいる水仙の香る幾本部屋に春呼ぶ

何時からか松の葉茶色になりしとぞ屋敷の売却進みゆきしか

豪邸も住みし人なく荒廃し気づかぬうちに歳月の経つ

開発は進みて速し起伏ある土地は更地の丘になりたり

寒風を頬にうくるも桜木の幹つやめけば春は近しと

一月の赤富士のカレンダー眺め来て八十路の如月めぐり来たれり

夕暮のふるさと訪ねたき望み心はやりて元気いでくる

会場に入れば掲ぐる夕暮の「うつばりに」の歌筆あとやさし

夕暮の周辺の歌人展示され雄郎も進もありて飾らる

西に東に秦野の街を巡りゆき夕暮の歌碑をたのしみて読む

何かが代わる

紫木蓮椿も木瓜も咲きいずる庭に逝きたる媼のよぎる

ふるさとの瀬戸海のぞむ展望台凪を迎えて島の静けき

われを見て痩せし母をば思い出し妹はわれの老いしを見守る

寒き冬ようよう越えしわれの目にれんげの紅のふるさとの色

治療終えのびやかなれば野の草のあれこれ咲くを確かめ歩む

ベルギーのビールが届き父の日を祝いて孫は小瓶をおくり来

ことことと部屋の改装はじめおり婿は自ずと事を運ぶと

畳の部屋洋間となりて楢の木の木目艶めき木に安らぎぬ

建築の腕発揮して床暖房婿は器用に床張り替えたり

家具調の仏壇ととのえ若き僧入魂すませ大役おえる

家中の何かが代わるわからぬが娘は掃除ばかりに精出しており

金の湯

ふと言いし有馬温泉へ連れくるるかつて住みにし甲山《かぶとやま》しぐれる

登り坂疲れし足に金の湯の足湯場ありて心ほぐれぬ

秀吉の岩風呂の跡見出だされ阪神大震災のおかげかと見つ

金の湯にまたも湯浴みし長閑なるこの一瞬にわれも来れり

虫を飼うことせざりしを鳴く音聞き虫好きの孫蘇りくる

食欲の湧かぬ夏日はいわずとも肉も野菜も娘は刻みくる

弱りいる身には眩しき夾竹桃この一夏を喜びて咲く

稔りたる取り入れまぢかの黄金の宅地に混じる稲田輝く

待ちわびる曼珠沙華は二、三輪ようやく咲きて彼岸を迎う

譲りうく千日紅の花三色《みいろ》目の奪われてこの夏の過ぐ

すず風が吹く庭に出て地縛りの伸びゆくを抜く健やかなりしか

高松城の櫓

人麿の玉藻よしとの名においし讃岐の城は海の渚に

海水を堀の水とす水城にチヌも泳ぎて松風の吹く

参勤の無事を祈りし月見櫓今日はフェリーの船出見送る

三層の櫓は海を睥睨しひときわ高し梯子かけらる

ライトアップされたる櫓白壁に被われ天にそそり立つ

悼　米田嘉久治氏

三十三回忌を供養さるる嘉久治氏は好日生駒大会に西瓜馳走されし

雄郎の弟として家を継ぎ男三人女五人育てし人生

三十三回忌供養出来るは喜びと息子はわれに涙ながせり

目薬一滴

女坂ゆっくり登り知恩院へ初紅葉は始まりており

勤行の命日供養始まれり僧老若一堂読経をなせり

母の命日訪れたれば誰か言う太平洋戦争始まれる日と

紫木蓮の枯れ葉は日日に散りゆきて忽ち袋に香りして満つ

孫の便りはシューズベリーに転居して電話の付くを知らせて来るも

寝る前に目薬一滴差すことも習いとなりて月に見守らる

一つこと喜びあればわが生き様間違いなきと頷いている

雑　煮

平成十九年

この暮は縮れし花弁のシクラメン赤きに飽かず眺めて過ごす

イギリスで培いし腕ふるいたり孫は和室を暖かくかえる

有馬の湯孫と来りて赤き湯の含鉄泉にともに湯を浴ぶ

長身に赤きスカートまといたり刺繡鮮やか孫は旅立つ

餡餅の雑煮で祝う新春に母を思いて齢を数うる

あおによし

いざなわれ招かれ歩む春日大社石灯籠の苔むす道を

樹樹ふかく大社の森のすがすがし朱の回廊に釣灯籠めぐる

鬱蒼と繁る杉林の木洩れ日に包まれのどか春日大社は

人慣れし鹿は大きな身体して穏やかに子らの煎餅を受く

角切りを終えし牡鹿の巨軀揺れてわれに伴い歩む優しさ

冬枯れの野辺に動ける鹿いく頭息づくものを嬉しくも見つ

お水取りの炎の火の粉散り浮かぶ広き回廊ひとめぐりする

黄金の鴟尾輝ける東大寺瓦の屋根の降《くだ》り棟光る

地肌見せこげ茶に焼けし山肌に芽吹きの潜むをずっと凝視す

閉山の山に面してみやげ屋の奈良包丁の鋭く光る

花咲き初むる頃

老人会欠席の友見舞いたればおどろき喜ぶ人懐かしげに

肥後椿真赤に燃えて咲きさかり数ある花を凌駕して咲く

のんびりと生きんと決めしたちまちに陽光の中いずこに出かけん

行きたきは何処なるかと聞かるるに地図で探せば善光寺なり

シンビジウムさ庭に一本咲き出でて長く咲きおり逞しきかな

ただ白き桜の花はやさしくて天をあおぎておとなしく咲く

家の前の桜そろそろ咲き出して上品なる花びらを見す

弁天さんのしだれ桜が並びいて仲よき友と見あげ語りき

のんびりと神社たずねて満開の桜に逢いて忘れがたきも

目の治療に日日通い行くを喜びとし老いの日なるも大切にせん

五重相伝

薫風にふきながしはためく蒲生野や法然聖人の八百回忌と

苗代田青青として育ちおり黒き田の脇に田植の日待つ

雄郎の待ちくれし寺懐かしく夫のいくたび帰り来たれる

五重相伝幾年ぶりか行われ多くの僧侶と回向文となう

天井の広きを確かめ見上ぐるに僧の多くが卒塔婆いただく

水清さんの家を訪ねて古の歌人のつどいのさまを聞きいる

雄郎の三兄妹に縁もつ我らそろいて石塔寺に参る

弟の釣りし魚

八十路越え同級生は一人住まい女学校の入賞を語る

弟の釣れる小鯵の夕餉なり父母と食せし小鯵の並ぶ

一株にあさがおの花十三輪濃紺に咲く白き筋清し

元気にて生きようと約す友の顔自信のありて早や勝ち居たり

鱚釣りて包丁をふるう弟の意気揚揚と慣れし料理に

戦地へと向かう息子に一太郎ヤーイと叫ぶ像のたたずむ

海を越え港風景広がりてつつがなき帰路人の影増す

妹の明るき声に着きしよと告げて荷をとく梅雨明けの日

鈴虫

幾年を夫と共に働きしかほおずき描きて残暑見舞いくる

この夏は桃とメロンをとりまぜて巨峰と食し生きのびている

盆すぎてようやく孫の帰り来て滝を見ようと伴いきたる

雨降らぬに滝流れおり早朝に滝壺までをゆっくり歩く

娘が育てる鈴虫の鳴く音リンリンとそっと近づきしばし佇む

暑き夏に負けて臥しいる日日つづく弱れる体はぐずぐず歩む

病みすすみいねるばかりで日を終える炎天の中に草のはびこる

いちはやく白曼珠沙華群れて咲く赤曼珠沙華の一輪の蕾に

野草なる赤曼珠沙華を好みおり一面咲くはいつになるやと

花おえて白骨のごとひからびし白曼珠沙華時を終えたり

流行

洋服の流行ながめて進みゆく時代をそっと静かに歩む

進みゆく時代の変化をみつめつつ心豊かにのんびりながむ

わが友の姿かげるに慣れゆくかわれも同じといずれうつろう

突然に電話かけきし弟が妻の癌病むを伝えきたりぬ

つねのごと医師を訪ねて二か月でみまかる命をいかに受けいん

聞くたびに悲しみの覚悟伝わりて聞くことのみしか我にはできず

妻が先に逝くを語れる弟の無念さに応う言葉のなきも

わが老いの八十一歳という事を忘れやすくてこれが老いなり

転びやすくなりたりと気づく此頃に老いが来たると教えらるるも

目も耳も老化激しと気付くとき誰もが通る道ならんと思う

いつからか弱れるわれに気付かずに頭をうちて痛きコブ出来

ゆっくりと歩めるわれは列乱し流れを遅らす老いの存在

ひとなみにパーマをあてて若がえる暑き折にはショートで過ごす

義妹《いもうと》の葬りと四十九日おえ久びさに友といつもを語る

跋

神谷佳子

表題は『紫木蓮咲けば』。あえて「咲けば」と言い差しを表題にと考えたのは、言い差したあとの、言葉のない部分から立ち上がる、本歌集の世界を読みとって頂きたいと思ったからである。意識して編集した訳ではないが、紫木蓮の歌が大変多い。紫木蓮の大木が花芽をつけ咲き始めると、夫君登先生との日々を思い出し、語るように呟くように詠まれている。少し触れてみたい。

鳥とまるごと咲きそむる紫木蓮北さすかたち朝夕みあぐ
紫木蓮の咲く待つ心亡き夫を偲ぶ心か忌日に咲きそむ
紫木蓮の千の蕾を見あげいて夫の優しさに包まるる時
紫木蓮の花びらゆらす春一番わが過ぎこしの六年ゆらす

朝に夕に紫木蓮を仰ぎ立つ時、著者は夫君に寄り添う思いである。まっすぐにその思いを表出し、一途に夫を恋う心その相聞の響きには清潔感が漂う。

平成三年、登先生が脳梗塞のため国立循環器病センターに入院された。豊中市の「よみうり文化センター」の短歌講師を退かれ、後を私がひきつがせて頂くことになり、京子夫人も歌会のつもりでと参加して下さることになった。それ以来二十年近い歳月、月二回お出会いし、教室の仲間とも親しくまじわって下さった。登先生のご病状も共にお案じし、帰途は「主人の三分粥」だと冷めないように胸に抱き、千里の循環器病センターに行かれるのを見送った。何ごとも飾ることなく話され、事の本質がよく見える方であったと思う。若い頃より作歌を続け、それは自ずから物を視る時の姿勢が鍛えられることにもなった。

いま少し作品を抄出する。

ひと駅を乗り過ごしたり新しき好日三月号読みふけりいて

けし粒の如き小さき種芽ぶく当然としてわが生き来しよ

生きいますごとく祝わん亡き夫の喜寿とわが古希小豆づくしに

逝く秋を惜しむがごとくに街路樹の銀杏拾いし夫浮かびくる
われもまた夫の拾いし銀杏拾う南春日丘の道に来たりて
優しさに包まれ進む出版記念会健やかなりし夫の影あり
いく人かの戒名読みあぐる本堂に背筋伸ばして夫の名を待つ

月末、共に編集をして成った三月号、出来上ったばかりを受け取った帰途の電車で、うまくできているかと改めて確認するそのわくわくする思いに共感する。二首目は、種を蒔き、また苗を植え育てている著者の、ある日突然気づかれたこと。蒔けば芽ぶくと思いこんでいたが、芽ぶくための数々の条件、種自体の生命力などそなわってこその芽ぶきと思いいたって、下句は種のみならず、生物自然全体にも敷衍して深くひびくものがある。つづく五首目は事あれば夫君の姿が顕ち、料理上手な京子夫人の小豆づくしのご馳走や、銀杏をひらう所作などとてもなつかしい。「南春日丘の道に来たりて」光景が如実に描かれる。

著者の第一歌集『紫木蓮』の出版記念会は、茨木市のホテルであったが、喜びのなかで夫君の影をしかと見たと「影あり」断定的表現が切ない。次の歌の「背筋伸ばして夫の名を待つ」は読者にまっすぐ心が伝わり、共に待つ思いになる。

ここぞと気張らず淡々と日常を詠みとり、さり気ない一首一首にみえて一通りではない作品を抄出したい。

幼子はどこの子もどの子も母親に本読んでもらう待合室に
その一生《ひとよ》駿馬のごとしと思いみる叔父の死顔の鼻梁の高し　―叔父香川進を送る―
玄関に婿と孫との靴ならび五月の朝は光に満ちぬ
にわか雨に濡れたる婿は背広干す夫の背広ぞ懐かしみ見つ
ふるさとを後にするとき去りがたし小走りにいそぐ駅までの道
広き池に亀は友なく生きいるか岩のごとなる甲羅をさらす

離れ住む孫の姿はてきぱきと片付け早きに過ぎ越しを知る

術後三年迎えたる春ようやくに癒えそめしかと紫木蓮見あぐ

冬空のやさしき青さに雲二つ夫の評論集の上梓なりたり

喜びを持てるごとくに花溢る背を反らし見る紫木蓮の梢

一首目「どこの子もどの子も」が温かくひびく。二首目香川進氏の功績と活躍を「駿馬」とはまさに言い得て「鼻梁の高し」と巧い。三首目「五月の朝は光に満ちぬ」は美しく一通りではない喜びと頼む心が表現される。四、五首目の下句は、先ず作者の思いが言葉を超えて伝わる。六首目「岩のごとなる甲羅」に孤独感をみる。七首目は孫の動きに厳しい修業の幾年を推察している。八首目の安堵はやはり紫木蓮に、つまり夫君に重なって象徴的だ。九首目「雲二つ」一つでなく二つに評論集の上梓を夫と共に祝う心を托し、十首目は、紫木蓮は著者そのもの「背を反らし見る」身体の形、心の形を伝え自らへの讃歌であろう。

触れ得なかったが、旅の歌、家族それぞれの歌、好日ゆかりの方々その挽歌など丁寧に思いを尽くして詠まれている。それは私ごとのようでそれを超え、読者一人一人のいとなみにも関わる普遍的な「生」の姿をも思い描かせる。ふとした日常の機微を詠まずにはいられない心、三十一字の限られた詩形にそれを托した時、人生の比喩とも時には箴言ともなって人を動かす。「私ごと」のようでもこの韻律に托すと「みんなのこと」になる不思議。

沢山の花や樹を、人を、外地の旅を丹念に詠み、その眼差しはいつも温い。その視点の軸はいつも夫君の姿である。夫を思いつつ「夫」はご自身の中に肉化され、長く病床にあられても常に語りつづけていられたであろう。京子さんとおこがましくもお呼びしていたが、京子さんの声を聞き登先生のお姿にもお会いしているような懐かしい一巻であった。

本歌集上梓については、長女中村幸子さんの並々ならぬ努力がある。ここ数年、米田雄郎、登両師の蔵書、遺墨、好日の古い資料すべてを整理し、滋賀県下ゆかりの地で展観ののちすべてを東近江市と滋賀県立図書館に寄贈された。珍しい資料の発見やその整理と、情熱もさることながら、緻密な「ことの運び方」に感嘆したものである。勿論常に夫君の絶大な応援があるのだが。京子夫人の作品も、「詩歌」以来の若い時の作品も全部もってこられ、その初々しい歌に魅了されたが、本集は第一歌集以後の作品にさせて頂いた。厳密な年譜の作成にも読者は驚嘆されるであろう。

米田家に嫁がれた縁で短歌の世界に入られた。何の言挙げもせず、構えることなく、ありのままに詠みつづけ、自ずから「ありのまま」に筋金が入った。詠みつづけることで目も耳も研がれ、いつしか言葉の力を技にされている。微力ながら上梓を手伝わせて頂き、生活詠について考え共感したことが多い。

京子夫人と手をたずさえて、泰山木や紫木蓮の花を数え散策した思いのひとときであった。遺歌集というけれども、遺すことはそれが生きつづけること。一首一首の言葉に托された生命は消えない。読む度に語りかけてくる言葉は著者自身である。

歌人としての母、家庭の核としての母、こつこつと自らに足りて歩んで来た母を、顕彰したい長女幸子さんの思いが見事に実った一巻である。

登先生京子夫人の笑顔が見えるようで、在不在に関わらぬ生命の不思議に打たれる。

あとがき

母は、平成二十四年二月に亡くなりました。私は母とともに生活していましたので、母の詠んだ短歌を一冊の歌集としてまとめたいと思っておりました。このたび皆様のご協力のお蔭で、遺歌集を出版することができました。ありがとうございます。

母は、父米田登が病に倒れ平成五年に亡くなり、一周忌までにと遺歌集『回帰曲線』を出版し、その後、自分の第一歌集『紫木蓮』を平成八年に出版しました。昭和四十三年から平成七年までの、二十七年間の作品をまとめており、伊藤雪雄先生に跋文を書いていただきました。

それに続くのがこの遺歌集で、平成八年から平成十九年までの十二年間の短歌を年代順にまとめております。父の死後「好日」発行人を引き継ぎ、穏やかに暮らしていたのですが、平成十二年胃癌手術を受け、その後徐々に体力も弱り八十歳で発行人を辞し、八十二歳で出詠をやめてすべてをお願いしゆっくりと静養しておりましたが、八十六歳で死去しました。

歌集の題は、柴木蓮に寄せてさまざまな思いを詠んでまいり、母にとって特別な一樹ですので『柴木蓮咲けば』としました。私たちと同居することになり、こぶしに代わって、今度は紫にしてはと植えたのが柴木蓮です。それが年月を経て聳えるほどの大樹となり、花が咲けば母を包み寄り添い数々のシーンを、この木と共に辿ってまいりました。

花が好きで、四季折々の花々を庭に咲かせて楽しんでおりました。亡くなった後も、庭に出ると母がしのばれます。一緒に旅行し孫と正月を祝い、私たちに愛情をそそいでくれた母が、こうして短歌を残してくれたことに感謝しています。父母と共に暮らした私たち家族の歴史を読むようです。

このたびの遺歌集を上梓するに際し、神谷佳子先生に種々ご指導を賜り、お心のこもった跋文をいただきました。また小西久二郎先生をはじめ中野照子先生や「好日」の社友の皆様の温かいご支援を受け、作品を発表できたことに深く感謝しております。短歌を通じて、多くの方々と親しくしていただき心よりお礼申し上げます。

最後になりましたが、遺歌集の出版にあたり「現代短歌社」の皆様に厚くお礼申し上げます。

平成二十七年三月十日

中村幸子

年　譜

（年齢は満年齢　注　中村幸子）

大正十五年（一九二六）

二月十三日、香川県仲多度郡多度津町にて香川宗太郎とツネの二女として生まれる。

昭和十八年（一九四三）　十七歳

三月香川県立丸亀高等女学校を卒業。

注　生家は「香川照栄堂」といい表具を商っており、宗太郎は一家の長男で、母を早く亡くした妹弟五人の親代わりとして其々に教育を受けさせ独立させた。ツネとの間に五人の子供がおり、宗太郎ツネ夫婦は妹弟五人と、子供五人の大家族の上にさらに弟子や女中のいる一家の運営に多忙であり、二女の京子は複合大家族の中で育った。

宗太郎の十三歳年下の末弟が香川進で、多度津中学校から神戸商業大学に進学した。進は昭和四年に嘉納とわ、米田雄郎を経て「詩歌」に入会した。

昭和二十年（一九四五）　十九歳

丸亀高等女学校を卒業後、父宗太郎の仕事の関係で満州国新京（長春）に行く。二年間父と姉夫婦と暮らす。八月九日ソ連の参戦を知りすべての家財を捨て、父、姉と五月に生まれた甥とともに無蓋車に乗り、中国の八路軍を避け逃げて南下した。義兄は軍隊に入りその後シベリア抑留となった。八月十五日奉天（現瀋陽）でラジオ放送を聞き終戦を知る。南下し国境を越え韓国に入る。釜山から広島を通って八月十九日多度津に帰る。

昭和二十一年（一九四六）　二十歳

自宅で家業の手伝いの傍ら多度津教会に通う。

昭和二十三年（一九四八）　二十二歳

米田登二十九歳と結婚。大阪市福島区に住む。「詩歌」に入り七月より二十五年十二月まで出詠する。

注　香川進（後に「地中海」を主宰）の媒酌で結婚する。進は、大学時代に関西白日社をまとめていた米田雄郎の極楽寺を訪ね、歌論などを論じ登とも知己であった。

昭和二十四年（一九四九）　二十三歳

十月長女幸子を多度津町にて出産。

昭和二十五年（一九五〇）　二十四歳

ジェーン台風で水禍を受ける。

宝塚市逆瀬川に転居。

昭和二十六年（一九五一）　二十五歳
前田夕暮死去。
昭和二十七年（一九五二）　二十六歳
米田雄郎が「好日」を創刊し、仲多度京子の名で、十二月まで出詠しその後昭和四十三年まで休会する。
昭和二十八年（一九五三）　二十七歳
八月次女尚子を宝塚市逆瀬川にて出産。
昭和三十三年（一九五八）　三十二歳
比叡山に米田雄郎第一歌碑建立。
昭和三十四年（一九五九）　三十三歳
米田雄郎死去。長命寺に米田雄郎第二歌碑建立。
米田登が「好日」の発行人となり、大阪府茨木市に住宅を建設し生駒あざ美と同居する。
昭和三十五年（一九六〇）　三十四歳
新年歌会を茨木の好日荘で昭和四十三年まで催す。
昭和三十七年（一九六二）　三十六歳
宛名を謄写版印刷で封筒に印刷したものを大津へもって行き好日の発送や庶務を手伝う。
父香川宗太郎死去。
昭和四十年（一九六五）　三十九歳
登第一歌集『思惟環流』を発行。
奈良県磯城郡川西町の川西小学校に米田雄郎第三歌碑が建立さる。
昭和四十三年（一九六八）　四十二歳
「好日」に昭和二十八年より欠詠していたが、八月号（第二百号記念号）より再び出詠する。
昭和四十七年（一九七二）　四十六歳
生駒あざ美死去。
昭和四十八年（一九七三）　四十七歳
水清久美死去。「好日」の事務を引き継ぐ。編集を茨木市の自宅で行うようになる。
注　好日五十周年記念号に「好日の庶務の変遷」と題してまとめている。
昭和四十九年（一九七四）　四十八歳
長女幸子　中村昌弘と結婚。
昭和五十年（一九七五）　四十九歳
このころから大阪歌人クラブに所属する。
初孫（中村知晴）誕生。
昭和五十二年（一九七七）　五十一歳
孫（中村恵子）誕生。
昭和五十四年（一九七九）　五十三歳
登成人病センター入院十二月退院。
昭和五十五年（一九八〇）　五十四歳

極楽寺境内に米田雄郎の第四歌碑が建立さる。

昭和五十六年（一九八一）　五十五歳
長女（幸子）家族と二世帯住居で茨木市にて同居する。

昭和五十八年（一九八三）　五十七歳
次女尚子　河本泰樹と結婚。

昭和五十九年（一九八四）　五十八歳
孫（河本康司）誕生。

昭和六十年（一九八五）　五十九歳
登と欧州を巡る。

昭和六十一年（一九八六）　六十歳
孫（河本博）誕生。

昭和六十二年（一九八七）　六十一歳
登第二歌集『現象透過率』発行。母香川ツネ死去。

平成元年（一九八九）　六十三歳
登第三歌集『時空界面』発行。
浜松市呉松町根本山荘に登の第一歌碑建立。

平成三年（一九九一）　六十五歳
登脳梗塞のため国立循環器病センターに入院。好日発行を、編集発行人の方々にお願いし看病に専心し尽力する。

平成五年（一九九三）　六十七歳
『米田雄郎全歌集』発行。病床にあった登に見せる。米田登三月二十日三和病院にて死去。好日発行人となる。

平成六年（一九九四）　六十八歳
一周忌までにと、登遺歌集『回帰曲線』発行。

平成七年（一九九五）　六十九歳
一月十七日　阪神大震災。

平成八年（一九九六）　七十歳
好日四十五周年記念号。
東近江市立蒲生東小学校で、野口謙蔵の「登校の図」と雄郎自由律短歌の陶板画の碑の序幕をする。第一歌集『紫木蓮』を昭和四十三年から平成七年までの短歌をまとめ、伊藤雪雄氏の跋をいただき上梓する。米田登鑑賞始まる。義兄中村圓生死去。「短歌新聞」に作品発表。

平成九年（一九九七）　七十一歳
『紫木蓮』出版記念会がいばらき京都ホテルで開かれる。御来賓に宮崎信義、安田純生、科野千代子、萩本阿以子、奥田清和、飯田棹水諸氏が出席さる。好日四月号に『紫木蓮』特集号を編む。髙木善胤、古賀泰子、大塚布見子、安田、萩本、神谷、岡田、西村氏の批評を受ける。「短歌現代」

に作品発表「短歌四季」春号に「米田京子と『好日』四十五周年」を執筆、作品発表。好日の六十名の短歌を選出。

平成十年（一九九八）　七十二歳
「短歌四季」冬号に「歌会拝見」を執筆、短歌選出。「歌壇」に「結社の現在」執筆、短歌選出。「歌壇」と「短歌新聞」に作品発表。「大阪春秋」に短歌選出。叔父香川進死去。

平成十一年（一九九九）　七十三歳
伊藤雪雄死去。「大阪春秋」と「短歌現代」に作品発表。

平成十二年（二〇〇〇）　七十四歳
「短歌現代」に作品発表。
胃癌手術を受ける。

平成十三年（二〇〇一）　七十五歳
好日五十周年記念号。「日本歌人クラブ」に入会。
「短歌現代」に作品発表。
米田登第二歌碑東近江市蒲生東小学校に建立。

平成十四年（二〇〇二）　七十六歳
「短歌四季」春号に「米田京子と『好日』五十周年」を執筆。「歌壇」に「結社の現在」執筆、短歌選出。
「短歌四季」夏号と「短歌新聞」に作品発表。

平成十五年（二〇〇三）　七十七歳
「短歌現代」に作品発表。

平成十六年（二〇〇四）　七十八歳
「短歌四季」と「短歌新聞」に作品発表。

平成十七年（二〇〇五）　七十九歳
『米田登評論集』を発行。
「日本歌人クラブ」「短歌現代」に作品発表。
東近江市野々宮神社に登第一歌碑を移転。

平成十八年（二〇〇六）　八十歳
「短歌新聞」に作品発表。
十二月好日発行人を辞退。

平成十九年（二〇〇七）　八十一歳
「短歌現代」に作品発表。

平成二十年（二〇〇八）　八十二歳
二月「好日」出詠を終える。

平成二十一年（二〇〇九）　八十三歳
骨折し博愛病院で手術。

平成二十四年（二〇一二）　八十六歳
二月二十二日急性呼吸不全にて死去。
法名　好蓮院浄譽紫雲光明大師。
「好日」七月号米田京子追悼号。

歌集 紫木蓮咲けば 好日叢書第277篇

平成27年9月5日 発行

著 者 米 田 京 子
編 者 中 村 幸 子
〒567-0046 大阪府茨木市南春日丘3-3-23
発行人 道 具 武 志
印 刷 ㈱キャップス
発行所 **現代短歌社**

〒113-0033 東京都文京区本郷1-35-26
振替口座 00160-5-290969
電 話 03(5804)7100

定価2500円(本体2315円+税)
ISBN978-4-86534-114-0 C0092 ¥2315E